Verführerisches Aztekengold

AF368799

Gruselkurzgeschichte

von

Armando Sinister

Diese Kurzgeschichte widme ich
meiner Lebensgefährtin Nadine Muriel.

Impressum:

1. Auflage
ISBN: 9783769353693

Dieses Buch ist auch als eBook erhältlich.

Lektorat und Korrektorat: Schreibcoaching Federfunken, www.feder-
funken..wordpress.com, Nadine Muriel
Satz: PrinzO Mediengestaltung, www.prinzo.de, Rainer Wüst
Umschlag: PrinzO Mediengestaltung, www.prinzo.de, Rainer Wüst
Umschlagfoto: iStock, Bildnachweis: Grandfailure

Verlag: Books on Demand GmbH, In de Tarpen 42, 22848
Norderstedt, bod@bod.de
Druck: Libri Plureos GmbH, Friedensallee 273, 22763 Hamburg

Verführerisches Aztekengold

»Wirt, noch einen Humpen Met!«

Ein großgewachsener Indio forderte in gleichbleibenden Abständen lautstark Nachschub für seinen Rausch. Mittlerweile musste er mindestens fünf Mal bestellt haben. Ich beobachtete den komischen Kauz am Nebentisch schon eine ganze Weile. Er wirkte fehl am Platz mit seinem ebenmäßigen dunklen Teint und dem bodenlangen orientalischen Gewand, das aus einem nachtschwarzen Tuch mit goldenem Saum bestand. Am unteren Ende der weit ausgeschnittenen Ärmel stach mir eine eingestickte Krone ins Auge. War er ein Würdenträger, vielleicht sogar ein Prinz? Dazu würden auch diese albernen, spitz zulaufenden Schuhe passen und der weiß-goldene Turban, der ihm mittlerweile etwas schief auf dem Kopf saß.

Wir schrieben das Jahr 1520 und ich kam seit drei Jahren in diese Kaschemme auf Tortuga. Mir war dieses Drecksloch vertraut. Hier waberten Tabakdunst, alter Schweiß und Alkoholgestank durch die schneidend dicke Luft. Und in dieser stinkenden Hölle befand sich auch heute wieder das übelste Gesindel von Piraten und Halsabschneidern. Sie hatten verzerrte Gesichter, wenn sie Seemannslieder grölten und auf den speckigen alten Tischen tanzten. Der seltsame Fremde schillerte zwischen ihnen wie eine bunte Blume. Allerdings stand er im Saufen mir und meinen Mannen in nichts nach.

Der Wirt trottete mit einem gut gefüllten Krug in den schwieligen Pranken zu ihm.

»Zahl erst deine Zeche, Fremder.«

Ein breites Lächeln überzog das Gesicht des Indios. Es klimperte, als er in seinem Geldbeutel kramte. Theatralisch zog er etwas hervor und knallte die Hand auf den Tisch. Als er sie zurückzog, war eine goldene Münze zu sehen.

»Ist die echt?«, fragte der Wirt erstaunt. Er griff nach der Dublone, schob sie zwischen seine Zahnstumpen und biss darauf.

»Natürlich«, schnauzte der Fremde und sprang auf, wohl um seinen Worten noch mehr Nachdruck zu verleihen, was ihm die Aufmerksamkeit aller Anwesenden bescherte. Die aufgeheizte Atmosphäre machte einer knisternden Stille Platz. Die Luft sirrte wie auf einem staubigen Fußweg in der Sonnenglut.

Das war meine Chance.

Dieser Fremde hatte Gold in seinem Beutel, und wo das herkam, da gab es bestimmt mehr. Ich musste schnell handeln, bevor es ein anderer tat. Hier war genug Gesindel, das sich dieses Gold gern zu eigen machen würde

– wie Blake, der mit seiner Piratenbrut schräg hinter uns
saß.

Ich blickte meinen ersten Maat an.

»Raul, lass uns dem Fremden einen Krug Met ausge-
ben.«

Raul grinste breit und zwinkerte mir zu. Als Team waren wir unschlagbar. Dieser Goldesel wollte gemolken
werden und hier ging es um Fingerspitzengefühl.

Wir stellten uns direkt vor ihn.

»Seid gegrüßt, Fremder. Ich bin Alejandro, Kapitän des
wunderschönen Schiffes »Felicidad«. Das ist mein erster
Maat Raul. Darf ich dich zu einem Krug Met einladen?«

»Sehr gerne. Setzt euch«, erwiderte der Indio. »Ich bin
Ometo.«

Das ging sich ja gut an. Was für ein Einfaltspinsel. Ein
paar Runden Met würden bestimmt seine Zunge lösen.
Er würde uns sagen, wo er das Gold versteckt hielt. Sol-
che Deppen hatten wir schon öfter übertölpelt.

Raul war mein engster Vertrauter. Durch seine statt-
liche Größe wirkte er oft ein wenig plump. Doch hinter
seinen groben Gesichtszügen verbarg sich ein messer-
scharfer Verstand. Er winkte dem Wirt, indem er drei
Finger in die Höhe hielt. Der Wirt kannte uns und wusste, was das bedeutete. Ometo bekam einen Krug Met, wir
ein Gebräu aus Wurzeln und Kräutern. Der Trank war
widerlich, ließ uns aber einen klaren Kopf behalten. Da-
für erhielt der Wirt von uns einen angemessenen Obolus.

Mit dieser Abmachung hatten wir schon einige Leichtgläubige ausgenommen.

Wir flüsterten, da die Nachbarschaft spitze Ohren hatte. Blake, ein hinterhältiger Mistbock von einem Piraten, saß mit einigen seiner Männer in Hörweite. Sein Schiff lag ebenfalls im Hafen vor Anker. Er lauerte nur darauf, einem ehrlichen Piraten wie mir die Beute abzuluchsen.

Ich hätte auch unserem Gesprächspartner gern gesagt, er solle leiser sprechen, da es keinen was anging, welche Reichtümer er verbarg. Doch der ständige Metnachschub ließ ihn immer lauter und undeutlicher werden. So lallte er von einer Insel, auf der er mit seinem Volk lebte. Sie waren Azteken, die dort Zuflucht gefunden hatten. Er erwähnte auch, wie ihn das Aztekengold berauschte und dass es auf ihn wartete, sobald er zurückkam.

Die Nacht löste den Abend ab und unsere goldene Gans wurde immer redseliger. Noch ein oder zwei Met und wir würden ihm endlich entlocken, wo genau er die Goldmünzen versteckte. Ich schmeichelte ihm, als wollte ich eine widerspenstige Frau in meine Koje bekommen. Schließlich sangen wir Seemannslieder und lagen uns in den Armen.

Ometo blinzelte mich an. Er lehnte seinen Kopf an meine Schulter und stammelte: »Wisst ihr. Ich ... ich glaub, ihr seid echt gute Kumpel. Euch kann ... ich erzähln, wo ich ... das Astekn-Gold ...«

Mit einem satten Plumps fiel sein Kopf auf den Tisch.

Nein! Ich fühlte mich, als wäre mir ein dicker Fisch vom Haken gegangen. Raul saß mit stoischer Miene neben mir. Ihn konnte nichts aus der Ruhe bringen.

Er packte die langen schwarzen Haare des Bewusstlosen, hob seinen Kopf an und starrte in die glasig-trüben Augen.

Sabber rann aus dem Mundwinkel des Indios.

»Ein paar ... hick ... Tagesreisen. Südlich.«

Raul ließ Ometos Schopf wieder los. Sein Kopf knallte erneut auf die Tischplatte.

»Packen wir ihn und verschwinden, bevor Blake auf uns aufmerksam wird«, flüsterte ich meinem Weggefährten zu.

Raul war stark wie drei Männer. Grob warf er sich den volltrunkenen Zechkumpan über die Schulter.

Ein Schwall Wasser klatschte in Ometos Gesicht.

»Wo bin ich? Was ist hier los?«

Der Indio saß gefesselt am Besanmast.

Ich hockte mich vor ihn und ließ meinen blanken Krummsäbel vor seinen Augen tanzen. So würde ich seine Zunge schon lösen, und falls nicht, gab es noch die feinen Daumenschrauben. Kielholen hatten wir auch lange nicht mehr.

Ometo blickte mir starr und durchdringend in die Augen. Wollte er meine Seele raussaugen oder was sollte das?

Mein Herz wummerte wie ein Specht, der einen Baum löcherte. Verdammt! Eigentlich sollte ich ihm Angst einjagen, nicht umgekehrt.

Ich atmete tief durch und versuchte mich zusammenzureißen.

»So, mein lieber Ometo, jetzt erzähl mir mal, wo genau deine Insel liegt. Wir wollen dich doch wohlbehalten bei deinem Volk abliefern.«

Lautes, dreckiges Lachen war im Hintergrund zu hören. Dieser schmutzige Piratenhaufen konnte so gehässig sein.

»Du willst mein Gold?«, fragte mein Gegenüber ruhig, scheinbar furchtlos.

Seine Art verunsicherte mich immer mehr. Doch vor meiner Mannschaft musste ich souverän wirken.

»Ja, und du gibst uns jetzt die genaue Route«, erklärte ich ihm breit grinsend.

Ometo legte den Kopf zur Seite. Ein seltsames Glitzern trat in seine Augen. Merkte er, dass ich immer nervöser wurde?

»Also gut, aber nur unter einer Bedingung. Du bindest mich los und ich kann mich frei auf dem Schiff bewegen.«

Verhandelte er jetzt tatsächlich mit mir, dem listenreichsten Piraten aller Zeiten? So ein Mistkerl. Am liebsten hätte ich diesem Wurm den Kopf abgeschlagen, aber hier ging es um sehr viel Gold.

Diese Dreistigkeit sollte er bereuen. Was glaubte dieser gonokokkenverseuchte Hurensohn eigentlich, wer er war? Ich kniete mich vor ihn und packte ihn am Kragen, um ihm seine Arroganz aus dem Leib zu prügeln. Doch plötzlich wurde mir schwindelig und mein Magen krampfte sich zusammen. Hatte ich zu viel Rum getrunken? Ich musste mich seitlich abstützen, rappelte mich aber gleich wieder auf. So sollten mich meine Mannen nicht sehen. Als ich wieder fest auf meinen Beinen stand, ging es mir besser. Die Übelkeit war verflogen und auch der Drehwurm in meinem Kopf war wie weggeblasen.

»Wenn du denkst ...«

Jäh wurde ich durch einen lauten Ruf aus dem Krähennest unterbrochen: »Käpt'n, Schiff in Sicht. Es ist die Portula.«

Ich hätte es mir denken können. Blake hatte gelauscht. Jetzt wollte er das Aztekengold, meinen Schatz. Nicht mit mir. Meine Kräfte waren wieder voll da.

»Käpt'n, er holt auf.«

Die Hundesöhne von Blake kamen schnell näher. An Flucht war nicht zu denken. Die Portula war kleiner, wendiger und schneller als die Felicidad.

Doch vielleicht konnte ich Blake mit einer Finte abhängen. Für einen Kanonenschuss musste noch Pulver an Bord sein. Wenn Blakes Schiff neben dem unsrigen wäre, könnte Jorge, mein Geschützführer, ihm ein schönes großes Loch in den Rumpf schießen. Sobald sie uns enterten, würde ich den Befehl zum Schuss geben.

Breitbeinig stellte ich mich vor meine Leute.

»Macht euch bereit. Versteckt euch hinter der Reling. Wir werden ihnen einen wahrhaft gebührenden Empfang bereiten.«

Ich winkte Jorge zu mir und erklärte ihm, was ich mir vorstellte. Er grinste und verschwand unter Deck.

Sie kamen jetzt längsseits. Gleich war es so weit. Ich konnte schon die grölende Horde erkennen, die nur darauf wartete, uns den Garaus zu machen. Ich stellte mich gut sichtbar ans Steuer und fuchtelte drohend mit meinem Säbel, während meine Mitstreiter sich unterhalb der Reling geduckt hielten. Enterhaken flogen auf unser Deck und krallten sich fest. Blakes Spießgesellen hangelten sich an Tauen zu uns herüber. Brüllend, teils mit Säbeln zwischen den Zähnen, landeten sie hinter meinen Leuten. Raul schnappte sich gleich den ersten Ankömmling. Er warf ihn wie einen leeren Becher gegen das Schiffsdeck, zog seine Axt und spaltete ihm den Kopf. Meine übrigen Männer taten es ihrem ersten Maat gleich. Sie schlugen wild um sich, stachen, töteten. Sie kämpften wie ein wildgewordenes Wolfsrudel. Genau jetzt sollte Jorge schießen. Ich öffnete meinen Mund, blieb aber stumm. Was war nur los mit mir? Wieso bekam ich keinen Ton raus? Ich schüttelte den Kopf, kämpfte aber sogleich weiter. Vergeblich. Blakes Männer waren übermächtig. Die Hundesöhne drängten mich und meine Mannen immer weiter zurück und töteten einen nach dem anderen.

Doch gerade als alles verloren schien, begannen Blakes Leute zu wanken. Sie fanden scheinbar keinen festen Halt mehr, so als würde ein Sturm das Schiff durchschütteln. Meine Männer hatten hingegen weiterhin keine Probleme, sich auf den Planken zu bewegen, und drängten die Feinde immer weiter zurück. Einige von Blakes Männern fielen über die Reling in die ruhige See zwischen den beiden Schiffen. Raul versetzte einem Angreifer einen festen Hieb mit der Axt und trennte ihm einen Arm ab. Er ließ ihn blutend liegen und sprang auf die Reling zu. Dort durchtrennte er mit gezielten Axtschlägen die Enterleinen, damit nicht mehr von Blakes Hundesöhnen zu uns herüberkommen konnten. Ich bahnte mir einen Weg zwischen den Angreifern, öffnete eine Ladeluke und konnte endlich wieder meine Stimme benutzen. Ich brüllte: »Schieß, Jorge!«

Ein Kanonenschuss ertönte. Das Holz am Rumpf der Portula splitterte. Schreie drangen zu uns herüber. Rasch füllte sich das leckgeschlagene Schiff mit Meerwasser. Es blieb zurück, bekam Schlagseite und trieb wie ein Stück Totholz im Wasser.

Die Schlacht war gewonnen. Aber wie war das möglich? Wir waren doch eigentlich auf der Verliererstraße gewesen.

Ich schüttelte den Kopf und atmete tief durch. Meine Leute warfen Blakes tote und verletzte Kämpfer über Bord. Ein paar der Angreifer wurden zu neuen Gefolgsleuten. Sie schworen Blake ab und mir die Treue.

Ich stand zwischen ihnen und blickte in die Gesichter meiner johlenden Männer. Der Preis war hoch. Zehn von ihnen hatten es nicht geschafft. Das war so nicht geplant gewesen. Sie waren gute Piraten.

Zumindest konnten wir nun unsere Reise fortsetzen. Doch wo war unser Gefangener abgeblieben?

Ich ging auf den Besanmast zu, wo Ometo festgebunden war. Allerdings lagen da nur ein paar lose Stricke auf den Planken. Wo ...?

»Suchst du mich?«, erklang eine kehlige Stimme hinter mir. Der große Indio stand mit verschränkten Armen nur ein paar Meter hinter mir. Er lachte diabolisch und starrte mich aus seinen dunklen Augen an. Wie hatte er es geschafft, sich zu befreien und unbemerkt hinter mich zu kommen?

»Können wir unsere Reise fortsetzen?«

Seine tiefe Stimme hatte etwas Hypnotisches. Dieser Kerl war mir unheimlich. Selbst meine Mannschaft sah verängstigt drein, als er ruhig weitersprach: »Wir wurden vorhin unterbrochen. Jetzt zu meinen Bedingungen. Ich will nicht mehr gefesselt werden und ...«

Ometo räusperte sich.

»Außerdem will ich bequem reisen. Daher wird deine Kajüte fortan die meine sein. Du bist sicherlich damit einverstanden, Alejandro?«

Ometos Stimme dröhnte in meinen Ohren. Meine Mannen sahen verängstigt aus, so als wären sie Hasen, die den Wolf erblickt hatten. Ich selbst musste einen Kloß hinunterschlucken und stand bewegungslos da.

Meine eigene Stimme hörte sich für mich seltsam unnatürlich an. »Ja natürlich, Ometo.«

Ometo klatschte zweimal in seine Hände. Im nächsten Moment erwachte ich wie aus einem Traum. Meine Männer lösten sich ebenfalls aus ihrer Starre und blickten einander verwundert an.

Um alle endgültig wachzurütteln, brüllte ich: »Auf eure Posten, ihr Hundesöhne! Setzt die Segel!«

Die nächsten drei Tage verliefen fast normal. Was blieb, war die gespenstische Ruhe, als ob auf eine Flaute ein Sturm folgen würde. Die sonst so lautstark pöbelnden und grölenden Spießgesellen flüsterten, wenn sie miteinander sprachen. So waren nur das leise Meeresrauschen und die geblähten Segel zu hören. Die meisten Männer befanden sich im Unterdeck. Doch wenn einer von ihnen über die Schiffsplanken lief, dann versuchte er, kein Geräusch zu machen, und bewegte sich auf Zehenspitzen.

Endlich erreichten wir die Insel. Wie eine Galionsfigur stand Ometo am Bug und dirigierte den Steuermann um

die scharfkantigen Felsen, die knapp unter dem Meeres-
spiegel auftauchten.

In einer Bucht ankerten wir. Ometo blickte in Richtung
Ufer, legte den Kopf in den Nacken und stieß einen gut-
turalen Laut aus.

Ich konnte nichts erkennen außer Strand. Dahinter
grünes, scheinbar undurchdringliches Dickicht. Doch
plötzlich tauchte ein Indio aus dem Blätterwald auf. Kurz
darauf wurden es mehr und mehr. Eine ganze Horde ver-
sammelte sich, stieg in ihre Einbäume und paddelte uns
entgegen. Das mussten seine Untergebenen sein. Ometo stand breitbeinig und strahlend auf den Holzplanken
und winkte ihnen zu. Er kletterte als Erster geschmeidig
die Strickleiter hinab. Ich schaute zu meinen Männern,
diesem Haufen verwegener Halunken. Normalerweise
fürchteten sie weder Tod noch Teufel, aber jetzt standen
sie stocksteif da. Ihre Mienen waren düster, fast schon
ängstlich. Auch mir war nicht ganz wohl bei dem Gedan-
ken, das Schiff zu verlassen und diesem Indio zu folgen.
Andererseits befand sich Gold auf der Insel. Viel Gold.
Und das wollte ich haben. Unbedingt. Ich schlug mir mit
der Faust auf die Brust und nickte meinen Männern zu.
Zögerlich folgten sie Ometo. Dann ging ich zu meinem
zweiten Maat.

»Jorge, du bleibst mit Philippe als Wache hier.«

Sie widersetzten sich nicht, schienen sogar ein wenig
erleichtert, dass sie nicht mit auf die Insel mussten. Wir

anderen kletterten hinter Ometo her und ließen uns von seinen Leuten übersetzen. Raul, der vor mir saß, drehte sich zu mir um. Er sagte kein Wort, aber der Ausdruck in seinen Augen beunruhigte mich. So kannte ich ihn nicht. Dieser gelassene Hüne strahlte etwas aus, was ich noch nie bei ihm gesehen hatte. Blanke Angst.

Am Strand angekommen, knieten sich die Eingeborenen in den Sand. Ometo stand vor mir. Würdevoll, fast arrogant. Er machte eine ungewöhnlich fließende Handbewegung und teilte in einer mir unbekannten Sprache den anderen etwas mit. Offenbar war er ihr Anführer, denn einer von ihnen antwortete und verbeugte sich, bis sein Kopf den Sand berührte. Gleich darauf sprangen alle kreischend und jubelnd auf. Sie klopften meinen Mannen und mir auf Arme, Bauch und Rücken. Dabei lachten sie wie Kinder und hüpften um uns herum.

Was für ein seltsames Volk. Offensichtlich waren sie glücklich darüber, dass wir hier waren. Diese Einfaltspinsel. Konnte es wirklich so leicht sein, ihnen das Gold wegzunehmen?

»Folgt mir«, rief Ometo und trabte vorneweg.

Die Indios gehorchten und auch wir schlossen uns an.

Es ging über einen schmalen Pfad durch den Dschungel. Am Rand einer Lichtung blieb Ometo stehen, hob seine Hände, legte den Kopf in den Nacken und sprach gebetsähnlich ein paar Worte gen Himmel, wie es ein

Priester tun würde. Es klang so würdevoll. War er das religiöse Oberhaupt seines Volkes?

Er verharrte einige Sekunden, als erwarte er von dort oben eine Antwort, dann drehte er sich zu mir um.

»Ich habe mit meinen Leuten gesprochen. Sie glauben, ihr hättet mich gerettet und sicher zurückgebracht. Daher werden sie euch zum Aztekengold führen, wenn ihr versprecht, friedlich zu bleiben. Wir haben uns auf diese Insel zurückgezogen, um harmonisch miteinander zu leben und nicht mehr zu kämpfen. Der letzte Angriff der Weißen hat viele meiner Untertanen das Leben gekostet. Jetzt ist diese Insel unser neues Zuhause. Also seid ihr meine Gäste. Mein Volk wird euch zu Ehren ein Festmahl geben.«

Seine Gesichtszüge waren auf einmal sanft und weich, ganz anders als vorher. Meine Unsicherheit verflog. Raul und die anderen Männer schwatzten, lachten und folgten den Eingeborenen. Sie waren wie ausgewechselt.

Die Lichtung wurde immer größer. Es zeigte sich, dass die Abordnung am Strand nur ein kleiner Teil von Ometos Volk war. Unzählige Männer und bildhübsche Frauen lebten an diesem Ort. Viele kleine Hütten umsäumten einen marktähnlichen Platz, gefolgt von einem großen, langgezogenen Haus. Dahinter erhob sich ein pyramidenartiger Tempel. Ob darin das Gold versteckt war?

Einer der Einheimischen kam tänzelnd auf Raul zu und kniff ihn unvermittelt in die Wange. Normalerweise hätte Raul ihn mit einem Faustschlag niedergestreckt. Doch wir mussten uns zurückhalten, wenigstens bis wir das Gold hatten. Danach würden wir sie alle kaltmachen.

Ometo bekam einen festlichen Mantel umgehängt. Er sah jetzt tatsächlich aus wie ein Priester. Einer der Indios tippte mir auf die Schulter. Er zeigte auf das längliche Haus.

»Bei unserem Azteken-Festmahl ist es Brauch, dass alle Körper gereinigt sein müssen. Also kommt mit ins Badehaus.«

Unser Schiffsgast lief zielstrebig in das Langhaus. Wir folgten ihm, wobei ich Raul unauffällig zunickte. Was würde uns dort erwarten? Egal was es war, wir waren erfahrene Kämpfer, die schon so manch listigem Hinterhalt entgangen waren. Ich packte den Griff meines Säbels und hielt ihn fest umklammert.

Das Innere des Badehauses wirkte durch das Zwielicht der Fackeln erstaunlich groß. Ein betörender Duft stieg mir in die Nase. Er erinnerte mich an etwas, aber ich konnte den Geruch nicht zuordnen. Der Boden hatte einen langen Laufsteg, der um einen goldbraunen Teich lief. Einheimische Frauen erhoben sich daraus wie sagenumwobene Nixen. Diese nackten Schönheiten verwandelten meine Männer in willenlose Blödhammel, die scheinbar nicht mehr wussten, was uns hierher geführt hatte. Sie stierten stumpf vor sich hin. Einige von ihnen liefen mit halb geöffneten Mündern und glasigem Blick auf die Frauen zu. Sollte ich ihnen einbläuen, worum es ging, oder würden sie sich von selbst wieder daran erinnern, dass wir nur wegen dem Aztekengold hier waren?

»Dies sind eure Badefrauen. Sie werden euch reinigen und für das Festmahl vorbereiten.«

Ometo klatschte zweimal in die Hände, worauf die Frauen heraustraten, sich meinen Männern und mir zuwandten und uns spielerisch aus unseren Kleidern halfen. Kleine Treppen führten in die samtige, wohlriechende Flüssigkeit. Nach kurzer Zeit lagen wir alle in dem riesigen Bad. Björn der Nordmann rutschte bis über den Kopf in die goldbraune Flüssigkeit. Prustend stieß er wieder daraus hervor.

»Met!«, rief er ausgelassen.

Jetzt wusste ich, warum mir der Geruch bekannt vorkam. Ich nahm einen tiefen Schluck. Björn hatte recht. Es war Met und noch dazu vom Allerfeinsten. Ein richtiger Göttertrank. Wir ließen es uns schmecken, labten uns an der Flüssigkeit, scherzten und lachten, bis alle volltrunken Seemannslieder von Gold und Schätzen grölten.

Lautes Händeklatschen ließ mich aufhorchen. Ich suchte seinen Ursprung, war aber schon zu betrunken, um zu erkennen, wer oder was dahintersteckte. Die Frauen stiegen unvermittelt aus dem Bad. Völlig benommen schauten wir ihnen nach. Was für Überraschungen hatten sie noch für uns?

Die sonore Stimme von Ometo hallte plötzlich von den Wänden. »Schließt eure Augen.«

Meine Lider wurden schwer und schlossen sich wie durch Zauberei. Ich fühlte mich leicht wie eine Feder, die von einem lauen Sommerlüftchen dahingetragen wurde. Was war nur los mit mir? Konnte Ometo zaubern?

»Werdet ein Teil von uns.«

Was sollte das jetzt heißen? Hier stimmte etwas nicht. Ich musste meine Augen öffnen. Doch sie waren wie zugeklebt. War der Met daran schuld?

Dann hörte ich gurgelnde Geräusche, kurze Ausrufe des Entsetzens. Gleich darauf trat eine gespenstische Stille ein.

Schritte. Jemand kam näher und legte mir eine Hand auf die Stirn. Sie war warm und weich. Ich konnte meine Augen wieder öffnen und sah zu meinen Männern. Sie lagen alle blutüberströmt im Met. In jeder Kehle klaffte ein tiefer Schnitt.

Ich verspürte blankes Entsetzen, konnte mich aber nicht bewegen. Mein Herz raste, wollte aus meinem Brustkorb.

Geflüsterte Worte drangen an mein Ohr: »Mein Name ist Ometotchli. Ich bin der Gott der Trunkenheit und des Rausches.«

Ich wollte mich erheben, ihn erschlagen, konnte mich aber nicht bewegen. Ein Zauber hielt mich fest, drückte mich runter.

»Du wolltest unser Aztekengold. Jetzt badest du sogar darin. Dieser Met ist mein Aztekengold und mein Volk gibt mir davon, so viel ich will, wenn ich ihnen immer neue Opfer für die rituelle Speisung beschaffe. Das ist unsere Vereinbarung. Da ihr jetzt im Met eingelegt seid, werdet ihr besonders gut schmecken. Gier kann so tödlich sein.«

Ich spürte nur noch die Klinge an meinem Hals.

Sie wollen ein gut überarbeitetes eigenes Buch herausgeben?

Hier finden Sie passende Ansprechpartner für ein gutes Lektorat und ein ordentlich gestaltetes Buch.